KLAUS ZEH
SOLANGE WORTE ATMEN

Der Alltag ist nicht das, was wir von ihm glauben. Er ist voller Kleinigkeiten, Details, Gerüche, Düfte, Stimmen und Klänge, Begebenheiten und Begegnungen, voller Dinge, von denen wir vielleicht nur beiläufig Notiz nehmen. Es lohnt sich, genauer hinzusehen und hinzuhören.

Klaus Zeh, Jahrgang 1965, ist Schriftsteller, Musiker und Liedermacher. Er lebt in Reutlingen.
Der Autor hat sich schon seit Beginn seiner schriftstellerischen Tätigkeit gegen die Veröffentlichung im herkömmlichen Verlagswesen entschieden. Ihm ist es ein großes Anliegen, seine künstlerische Unabhängigkeit sowie die Rechte an seinen Werken zu behalten.

Alle Werke von Klaus Zeh sind auf der letzten Buchseite verzeichnet.

Klaus Zeh

Solange Worte atmen

Notizen aus dem Alltag

Bibliographische Information der Deutschen Nationalbibliothek:
Die Deutsche Nationalbibliothek verzeichnet diese Publikation in der Deutschen National-
bibliographie; detaillierte bibliographische Daten sind im Internet über
http://dnb.d-nb.de abrufbar.

© 2021 Klaus Zeh
Herstellung und Verlag: BoD – Books on Demand, Norderstedt
Layout und Umschlaggestaltung: Adeline
Alle Rechte vorbehalten
ISBN: 9783752640175

Meine Aufgabe ist es nicht,
andern das objektiv Beste zu geben,
sondern das Meine so rein und aufrichtig
wie möglich.
                    Hermann Hesse

Für R.

Und allen
Augenblicklern
gewidmet

April

Als Aufkleber auf einem Auto entdeckt: Gott ist groß, aber keiner sieht ihn.

Wenn wir nach etwas greifen, ist dies nicht auch der Wunsch nach Halt? So wie wir berühren wollen, wenn uns etwas selbst berührt.

Weshalb ist der feuchtwarme Teeduft ein heimatlicher Ort?

Der Weg zur Heimat führt gelegentlich über Brücken. Doch manchmal ziehen wir eine Grenze als letzte Zuflucht.

Auf der anderen Seite der immergrünen Buchsbaumhecke vernimmt man Schritte und Gekicher. Eine Gruppe Mädchen, Teenies, die vom Essen in Dönerbuden erzählen und vom „Kotzen" danach.

Das wolkenlose Blau des Himmels schweigt schon den ganzen Morgen. Nur der Wind fährt ab und zu wortreich dazwischen.

Der Gedanke an Sex verweilt länger als erwünscht.

Die Erfahrung, dass Nachbarn gelegentlich zu jenen Heimsuchungen gehören, vor denen man am liebsten verschont geblieben wäre.

Am schlimmsten wird es, wenn man im Menschen nur das Säugetier sieht, das immer auf der Jagd, am Sammeln, am Besteigen, am Vergnügungen suchen ist.

Lesen hilft tatsächlich.

Verwahren vor dem großen Rausch des Vergessens – der Betäubung.

Musik als Medizin, jedoch ohne Verfallsdatum.

Der Versuch, im Netzgeflecht der Welt unverfänglich zu bleiben.

Entdecken eines Sprichwortes:
Wenn der Stuhl, auf dem du sitzt, wackelt, tausche ihn aus.

An einer halbzerfallenen Mauer den Spruch zu lesen bekommen, dass es nur gegen den Strom zur Quelle geht. Dabei denken, dass einem Fluss zu folgen jedoch ins Große führt.

Mit einem Kind an der Hand fühlt man eine Bedeutung, die einem vielleicht nicht zukommt. Und doch ist es ihm fast alles, wenn es geschieht.

Im überfüllten Wartezimmer eines Arztes der sehnliche Wunsch, sie mögen doch endlich einmal über Bücher sprechen. Oder über Musik. Vielleicht über den spezifischen Charakter und die Klangfarbe eines d-Moll.

Was tun, wenn man körperlich unter fremden Gesprächen leidet, wenn Weghören und Weggehen nicht möglich ist?

Essen als Selbstwahrnehmung.

Ein Aurorafalter gleitet völlig schwerelos vorüber und kein Gefühl des Neids kommt auf, nur Freude. Und Dankbarkeit.

Ein fremdes Leben als Spiegelbild wahrnehmen.

Die Freude auf einen bestimmten Fernsehfilm am Abend, ist das nicht auch die Freude am Wenigen?

Das Gefühl der Einsamkeit mitten in der Zweisamkeit.

Reglos werden in einer von nichts regierten Leere.

In einer kurzen Fantasie, während einer Politsendung im Fernsehen, entsteht das Bild von aneinandergereihten Lügen, an einer Perlenschnur aufgereiht, aus dem Mund eines Ministers gleitend.

Erinnerung an ein Mozart Zitat, dass nur das Herz den Menschen adelt.

Die Frage kommt auf, ob ein Verbrechen tatsächlich oft ein anderes nach sich zieht?

Vor der eigenen Tochter verbergen, dass das Ziel jeder Schulausbildung nur in der individuellen Leistungsstärke und im Nutzen für die Gesellschaft liegt.

Ein Pfarrer rät, man solle sich immer wieder kritisch prüfen, Sex nicht mit Liebe zu verwechseln.

Der Wasserstrahl aus dem Duschkopf klingt wie der Delfin im Vorabendfernsehen der Kindheit, in den 1970er Jahren.

Die Tochter fragt:
„Wenn man im Traum träumt, dass man träumt, erwacht man dann aus zwei Träumen?"

Zigarettenwerbung: Tag gelobt. Vor dem Abend. Bedauern, nicht selbst darauf gekommen zu sein.

Die Verlegenheit im Bus – das Angestarrtwerden.

Essen als Selbstbefriedung.

Die flüchtige Zärtlichkeit lang vereinter Paare: Ein rascher Kuss auf die Wange, eine kurze Berührung der Hand, Stirn an Schulter, mehr nicht. Manchmal nicht einmal mehr das.

Wenn man sich eine Geschichte ausdenken müsste, begänne sie vielleicht so:
Es ist eine Ewigkeit her. Er war neunzehn, vielleicht zwanzig, und mit seinem Cousin auf einer Busfahrt an die Costa Brava. Sie tauschten alle zwei Stunden den Fensterplatz.

Er erwischte die beiden Abendstunden des Sonnenunterganges.

Der Reisebus schlängelte sich seit Stunden durch kleine spanische Dörfer. Enge Gassen, Kurven, alte Häuser, morbide Fassaden, baufälliges Gemäuer, Zementruinen, und gewiss alte, dicke Frauen, die sich weit aus den Fenstern lehnen.

Vor den Häusern erfüllt sich das Postkartenklischee von den zahnlosen alten Männern auf noch älteren Holzbänken. Natürlich tragen sie Hüte und lehnen auf dunklen Holzstöcken, blicklos auf den Verkehr starrend.

Hupen, schimpfende Autofahrer, aus geöffneten Autofenstern wedeln Hände. Er nimmt den Lärm nur weit entfernt war, denn ...

Eine alte Frau im Bus, am frühen Morgen, auf dem Weg zur Arbeit. Ihr Gesicht zerfurcht wie ein beharktes Stück Ackerland. In dem sandbraunen Kaschmir versteckt sie ihre Gebrechlichkeit, die knochigen Schultern. Einzig ihr hellroter Lippenstift ist ein Fanal des Widerstandes.

Der brennende Wunsch, die Zeit festhalten zu können, für eine Stunde nur, ein Mal im Leben. Ein einziges Mal nur verweilen können, ohne den tickenden Zeiger im Fleisch.

Mai

Der Gedanke, dass wir selbst in blinden Spiegeln dahinschwinden.

Auf einem vergilbten Notizzettel entdeckt:
Die halbe Menschheit für unausstehlich zu halten ist weit weniger anstrengend als sich mit ihr auseinander zu setzen.

Das nicht loszuwerdende Gefühl, die Straßen seien geradezu überfüllt mit drittklassigen Schauspielern.

Wenn wir von Glück reden, meinen wir dann das „Glücksgefühl", nach dem wir alle jagen?

Die Frage, ob es tatsächlich eine Spielart der Bescheidenheit ist, schon zufrieden zu sein, wenn es einem nicht schlecht geht?

In einer Talkrunde fragt jemand, was aus unserer Empörung geworden sei, unserer Furcht, unserem Willen, die Welt zu verbessern, damals, nach Tschernobyl.

Die Frage, ob Europa tatsächlich eine Idee ist, die kaum jemand mehr denkt?

Zuflucht im ureigensten Menschenrecht, Asyl zu suchen in sich selbst.

Unerbittlich will die Frau den kleinen Jungen auf der Bank an der Bushaltestelle platzieren. Er wackelt, wie unter Strom, unentwegt mit den Beinen, hopst wieder von der Bank, wird wieder hochgehoben, hopst erneut herunter, wird wieder hochgehoben, auf die Bank gepresst, als gäbe es da eine Mulde, in die er exakt hineinpasst. Er fängt an zu weinen. Noch ein paar Jahre und er ist vielleicht soweit, zu funktionieren.

Das Wort „Freiheit" als Graffiti an einer Stadtmauer. Ist dies der älteste Traum des Menschen?

Ein anderer Vater erzählt, er spreche nur noch nach dem Schrotflinten-Prinzip mit seinen Kindern. Irgendeines seiner Worte werde schon ins Herz seiner Kinder treffen.

Die Erkenntnis, dass Zeit tatsächlich nicht alle Wunden heilt.

Im räumlichen und zeitlichen Abstand von geliebten Menschen das Vermissen wieder entdecken.

Gerade gelesen:
Der ferne Horizont ist ja gerade deshalb so vielversprechend, weil er fern ist.

Die Frage, ob jede „Liebe auf den ersten Blick" Beziehung mit einer Projektion beginnt.

Wenn eine einzelne Kadenz dich über den Tag rettet.

Vielleicht betreten wir durch unsere Kinder einen Raum in uns, den es zuvor nicht gab.

Wenn Hilfe im Bus benötigt wird oder wenn es darum geht, die Rollstuhlrampe auszuklappen, sind es immer die anderen, die helfen. Und nicht nur, weil sie schneller sind.

Der Wunsch, sitzen zu bleiben, weiterzufahren, ohne Ziel, ohne Ankommen. Mit einem verzauberten, sich nie entleerenden Akku im MP3-Player.

Musik als Trost.

Die gebückte Frau mit Stock und schütterem, gefärbtem Haar, als Erinnerung an die eigene Mutter, die noch jung wirkt in ihrem hohen Alter. Ein Gefühl des Dankes, das den Moment erfüllt.

Kalenderspruch in einer fremden Küche:
Man kriegt nichts geschenkt. Was nicht bedeutet, dass man sich alles kaufen kann.

Der Wunsch, ein anderer zu sein.

Im Stehen lesend. In einem Antiquariat. Ein Foto-
apparat schlägt an. Ansonsten nur Wortklang, Geruch und Bücherstaub.

Der See, ein stiller großer Freund, der mit einem
schweigt.

Möwen im Aufwind. Der Wunsch, mitzufliegen.
Wenn nur die Höhenangst nicht wäre.

Selbst in Nachtträumen nie vom Fliegen träumen.

Erinnerung an eine Fahrt im Kettenkarussell, in 55
Meter Höhe. Ein Sieben-Minuten-Gebet. Und so etwas wie Todesangst.

Das Gefühl, im Einkaufsladen jedes Mal in der lang-
samsten Reihe anzustehen.

Essen als Sinnesrausch.

Wahrnehmung von Musik als Teil von uns.

Erwarten eines Zitronenfalters, der jeden Tag gegen 12.00 Uhr durch den Garten fliegt.

Kindheitserinnerung:
Mit drei Freunden vor einem geöffneten Erdgeschossfenster eines Bordells herumgelungert.
Die Frau, eine vollbusige Rubensdame in erotischer Aufmachung, wird von den Jungs beleidigt. Sie schüttet ihr Getränk durchs Fenster, trifft jedoch niemanden. Noch heute Bedauern darüber, in die bösartigen Beleidigungen mit eingestimmt zu haben.

Sehnsucht nach dem Meer zu haben, als nachvollziehbare, stetig wiederkehrende Regung.

Glücksgefühl, von Wolken noch immer begeistert zu werden, obwohl man sie benennen kann.

Erinnerung an einen Freund, Physiker, der vor langer Zeit erfolglos das Phänomen der Nordlichter erklären wollte.

Immer wieder das Bild einer bestimmten Bucht vor Augen.

Die Feststellung, seit einer Woche ungelesene E-Mails im Postfach zu haben, ohne Bedauern.

Schmunzeln darüber, wie ein tiefes Dekolletee zum Hinschauen zwingt.

Vor den Schaufenstern jugendliche Skater, auf ihren Boards sitzend, die Köpfe zusammen steckend und auf das Smartphone des anderen starrend. Die Rathaus-Arkaden als Zufluchtsort, wie schon eine halbe Ewigkeit zuvor.

Graffiti, an einer weißgetünchten Mauer entdeckt: Denk an was Schönes.

Vor einem in den Himmel ragenden Dom das Gefühl, unbedeutend zu sein.

Geliebt zu werden, wenn man es schon gar nicht mehr verdient. Ist das Gnade?

Bedauern darüber, dass man meistens nur in der größten Verzweiflung nach Gott ruft.

Sehnsucht nach Inseln als bestimmendes Lebensgefühl.

Entsetzen und Wut beim Blick auf das tägliche Fernsehprogramm, angesichts des offenbar erfolgreichen Versuchs, eine ganze Gesellschaft zu betäuben.

Ein Hauch Traurigkeit beim Ausbleiben des Zitronenfalters.

Der übliche Anflug Neid und Bedauern beim Anblick eines Anzugträgers und Geschäftsmannes, manchmal sehr rasch wieder verschwindend, mitunter auch länger anhaltend, jedoch nie lange genug, am eigenen Weg zu zweifeln.

Erstaunen darüber, mit einem Bauern ein Schachmatt erzielt zu haben.

Unverständnis darüber, weshalb eine griechische Kollegin ihre Heimatstadt am Meer verließ, wo sie als Kindergärtnerin arbeitete, um in Süddeutschland genau derselben Arbeit nachzugehen.

Den Tränen nahe zu sein beim Hören einer irischen Ballade.

Beim Spaghetti essen mit den Töchtern festzustellen, dass die eigene kindliche Freude beim Aufwickeln der Spaghetti verloren gegangen ist.

Erinnerung:
Als Zwölfjähriger nachts vor der Schlafzimmertüre der Eltern diese beim Sex zu belauschen.

Worte eines Betroffenen:
„Für Jahre emigriert nur der Körper."

Erinnerung:
Der begleitende Druck von Reclam Taschenbüchern in der rechten hinteren Gesäßtasche der Jeans, während der Pubertätsjahre.

Beim Geräusch prasselnden Regens vor dem Fenster Erinnerungen an verregnete Sonntagnachmittage, an hassgeliebte „Mensch ärgere dich Spiele", an heiße Schokolade und Rührkuchen, an unerklärliche Geborgenheit, von der nur noch eine Ahnung übrig geblieben ist.

Eine alte Dame in der Buchhandlung, die der Kassiererin von ihrer Psychotherapie erzählt, als wären sie Vertraute. Im Gesichtsausdruck der Kassiererin ist jedoch nichts von Vertraulichkeit zu sehen.

Wenn das Quietschen der Kühlschranktüre immer nur dann zu hören ist, wenn alle schon oder noch schlafen.

Im Vorübergehen der Gesichtsausdruck eines Passanten, der beim Anblick eines am Boden hockenden verwahrlosten Bettlers Ekel zu empfinden scheint.

Die beschämende Erfahrung, durch Lügen Vorteile zu erschwindeln.

Ein linker Politiker meint im Vorabendfernsehen, die „Rechten" nur zu verspotten sei wohl genauso kurzsichtig, wie sie zu verteufeln. Er sagt, die Motive einer anderen Denk- und Handlungsweise haben immer einen Grund, auch wenn sie uns oft nicht gefallen.

Headline im Vorbeigehen:
Günstige Sozialprognose – Triebtäter wieder auf freiem Fuß.

Stippvisiten der Angst als etwas Normales empfinden.

Eine Schlucht. Ein Viadukt. Schnee, der nicht auf Zedern, sondern auf Tannen fällt. Irgendein Tier krächzt in die Schneeflocken-Stille.

Am Telefon die Stimme eines Freundes, des einzigen. Dennoch nicht das Gefühl, so gut wie alleine in der Welt zu sein. Ganz im Gegenteil. Spontan Schillers Ode *An die Freude* im Sinn: Eines Freundes Freund zu sein …

Ungelesene E-Mails häufen sich.

Musik als lebendig werdender Klang.

Versuch eines Dialoges mit dem unbekannten schweigenden Gott.

Bei dem Impuls, während der Busfahrt meinen Platz zu verlassen, da mein Lieblingsplatz frei geworden ist, ergreift mich Scham vor den Mitfahrenden, die sich allerlei Gedanken über mein Handeln machen könnten. Mehr noch aber Wut über das Aufkommen von Scham.

Ein etwa fünfzehnjähriges Mädchen erzählt ihrer Freundin, wie gruselig sie das Bekreuzigen mit Weihwasser in Kirchen findet. Ich möchte erwidern, dass man dies nicht in allen Kirchen so pflegt, unterlasse es aber.

Bilanz gezogen:
11 mal im Ring gestanden. 8 Siege. Ein Mal durch K.O. 3 Niederlagen. Heute hängen die Boxhandschuhe buchstäblich an einem Nagel.

An einem Sonntagmorgen dem Mammutbaum schaudernd die Haut gestreichelt.

Eine Mischung aus Missbilligung, Überraschung, Verlegenheit, Stolz und Peinlichkeit empfinden (und zwar genau in dieser Reihenfolge) bei der

Einladung einer Kollegin, mit ihr die Nacht zu verbringen.

Ein Freund erzählt, er sei dankbar, gegen nichts allergisch zu sein. Weder gegen Pflaster, Duschgel, Wasser, Waschmittel, Gluten, Weizen, Fructose, Laktose, Kürbiskerne, den Anblick von Blut, auch nicht gegen Pilze (vorausgesetzt es seien nicht die Falschen), Nasenspray, Polyamid, und was es sonst noch alles so gebe neuerdings. Nur das Leben selbst führe gelegentlich zu unvorhergesehenen allergischen Reaktionen.

Nach meiner Ansicht werden nur zwei Arten von Politikern überdauern: Diejenigen, die glauben, was sie sagen. Und solche, die wissen, dass sie lügen.

Der Versuch, über Wolken zu staunen, gelingt nur in der Rückrufung ihrer Namenlosigkeit.

Arabische Laute vom Parkplatz her, kehlig, fremd, nicht uninteressant.

Unbehagen wegen einer Medien-Debatte um einen deutschen Popkünstler und dessen Recht auf freie Meinungsäußerung gegenüber deutschen Politikern, die von ihm als Marionetten bezeichnet wurden.

Bei der Wahl des neuen Vorstandes hat man sich hinter vorgehaltener Hand über meine Enthaltung beklagt. Wie soll man jemanden wählen können, den man nicht kennt?

Vergebliches Warten auf das Wirken der Kopfschmerztablette.

Die Bäume werfen lange Schatten.

Straßen, ruhig wie sommers. Noch Stunden später den Geschmack des Kirschblütentees im Mund.

Erstaunen angesichts der Pünktlichkeit des Busses am Abend. Dann erkennen, dass es sich um den falschen Bus handelt.

Erinnerung:
Sieben Zwölfjährige, die in einem stockdunklen Wald auf ihren Hosenböden zwischen dicht stehenden Tannen hinabrutschen, ein Rettungshubschrauber der Bergwacht über ihnen. Drunten in der Herberge sitzt derweil der Rest der Schulklasse schon beisammen und überlegt sich das Strafmaß für die Sieben, wegen des nächtlichen Ausreißens.

Rote Ampel, der Bus hält.
Im Auto daneben fühlt sich jemand unbeobachtet (warum nur?) und verspeist seinen Naseninhalt.

Nach der Mitgliederversammlung die Ernüchterung, dass sie genauso enttäuschend war wie im Vorjahr.

An der Ampel kämmt sich eine Fahrerin, in den Rückspiegel starrend, ihr Haar und verpasst die Grünphase.

Eine Einladung zum Kaffeetrinken ausgeschlagen.
Aus gutem Grund.

Am eigenen Leib festgestellt, dass Selbstbeweih-
räucherung letztlich wenig hilft.

Angenommen der Tod käme aus den Wasserhäh-
nen, von allen getrunken.

Gewisse Gedanken kann man nicht einmal diesen
Notizen anvertrauen.

Die Wiese mit den Pusteblumen wirkt wie eine
Schäfchenwolkenwiese.

Als ob der Regen von Westen kommt. Fast will man
geduckt laufen, um nicht an die Wolken zu stoßen.

Eine Frau legt ihre Hand genau an der Stelle aufs
Schaufenster, hinter der ein Kleid drapiert ist.

Ein alter Mann erklärt einem noch älteren Mann
die Richtung, in die er gehen muss, stellt sich dabei

hinter ihn, nimmt dessen Kopf in beide Hände und dirigiert so dessen Blick in die Wegrichtung.

Jahrelang auf etwas hoffen und warten, und wenn es eintritt, eine Art Enttäuschung und Leere zu empfinden.

T-Shirt Aufdruck:
Tausche niemals Leidenschaft gegen Ruhm.

Auf dem Zebrastreifen wird einem Mann von einem anderen Mann zugepfiffen. Der Gerufene schaut sich verlegen nach allen Seiten um, nachdem er zurückgegrüßt hat.

Im See schwimmen wäre schön gewesen. Hatte man unbedingt weiter gemusst?

Sind die Dinge nur deshalb wichtig, weil wir sie dafür halten?

90 Minuten auf unser Essen gewartet. Der Kellner, der auch als Koch fungiert, meint, dann werde das Wetter morgen schön.

In einem Film aufgeschnappt:
„Wir werden ins Hamsterrad geworfen, strampeln uns ein Leben lang ab, werden irgendwann wieder hinausgeworfen und brechen uns das Genick dabei. Das wars."

In den heutigen Spelunken wird, wie zu allen Zeiten, noch immer die Stütze versoffen.

Fußballtrainer werden nach einer verpatzten Saison entlassen. Warum nicht auch Politiker?

Um tatsächlich etwas zu ändern, wird es nicht reichen, seine Meinung anonym über soziale Netzwerke in die Welt zu twittern.

Vielleicht ist die ethische Verfassung einer Gesellschaft künftig daran ablesbar, welchen Umgangston sie in den sozialen Netzwerken pflegt.

Was ist von einer öffentlichen Meinung zu halten, die das oft gebrauchte Wort „Gutmensch" in ihrem Sprachgebrauch als abfällig etabliert hat?

Das unbestimmte Gefühl, Medikamenten-Packungen schon das ganze Leben an der falschen Seite geöffnet zu haben. Nämlich dort, wo die Packungsbeilage den Weg zum Medikament versperrt.

Essen als Brücke zwischen Menschen.

In einer Talkshow aufgeschnappt:
Die Grünen werden rot, wenn man sie wählt.

Essen als Trost.

Beim Lesen einer DVD-Zeitschrift allmählich aufkommender Ärger über all die liebenswerten Filme über all die liebenswerten Menschen, die bei uns (am liebsten bei uns) Schutz und Geld und ein neues Leben suchen, und unsere bisher so graue und triste Gesellschaft zu einer erlösend bunten, längst notwendigen Multi-Kulti-Nation verwandeln. Filme mit einem einzigen Ziel: Unsere Meinung zu prägen.

Die Flüchtlingskrise zeigt, dass Deutschland die Demokratie nach dem Zweiten Weltkrieg nur verordnet bekam. Denn weder die, denen Fremdenhass wie ins Gemüt gemeißelt scheint, noch jene, deren Toleranz nur den Gleichdenkenden gilt, beherzigen auch nur annähernd das demokratische Grundprinzip, das man schon Kindern im Kindergarten beizubringen versucht: Die Meinung des anderen als Grundrecht des Individuums gelten zu lassen, auch dann, wenn sie unbequem und völlig konträr zur eigenen steht.

Begegnung mit einem jungen Mann im Einkaufszentrum. Er kommt direkt auf mich zu. Kurze Haare, Jeans und T-Shirt. Er fragt in gebrochenem Deutsch nach dem Rathaus. Er erzählt, seine Frau und der kleine Sohn seien schon eine Weile in Deutschland. Er sei gestern Abend angekommen, habe in einem Garten geschlafen. Sein Sohn sei verschwunden.
Verschwunden?, hake ich nach.
Er hetzt weiter, ohne zu antworten.

Essen als Versöhnungsgeste.

Ein älterer Mann rennt schimpfend neben dem Bus her. Regt sich wohl eher über den Busfahrer auf, der nicht noch einmal angehalten hat, um ihn einsteigen zu lassen, als über sich selbst, zu spät an die Bushaltestelle gekommen zu sein.

Eine Handvoll Jugendliche hocken beieinander an der Bushaltestelle, jeder spielt für sich auf seinem Smartphone Spiele. Ohne diese Geräte müssten sie vielleicht miteinander reden.

Ein einzelner, abgestorbener Baum. In den kahlen, knorrigen Ästen und Zweigen spannen sich kunstvoll Hunderte Spinnwebengeflechte.
Sonniges Abendlicht lässt die Fäden silbern glänzen.

Später, im Bus, eine Mutter, deren kleines Kind unaufhörlich unverständliche Worte vor sich hinbrabbelt. Die weiblichen Fahrgäste im Großmutteralter können kaum an sich halten vor Begeisterung.

Essen als Ritual.

Zum ersten Mal die Angst vor Prostatakrebs. Das Verdrängen wird Mühe bereiten.

Die Endlichkeit der weltlichen Existenz ist schockierend. Nichts ist Unvorstellbar.

Beim Sitzen jedes Mal das kleine Bauchspeckröllchen hinter den Hosenbund gestopft.

Die Tochter erkennt eine Wolke als Herz. Vergebliches Suchen danach.

Das Gefühl, in einem vollgestopften, staubigen und muffigen Buch-Antiquariat heimisch zu sein.

Der Kondensstreifen am Himmel scheint sich rasch fort zu bewegen, dabei sind es nur die höher gelegenen Wolken.

In einem stehenden Zug sitzend. Als auf dem Nachbargleis ein Zug losfährt, das Gefühl, selbst loszufahren.

Essen als Verwöhnungsgeste.

Beim Waschen eines Kleidungsstückes von Hand, das Gefühl, mehr als nur den Schmutz herauszuwaschen.

Am Nachmittag noch immer das wohlige Gefühl von angenehmer Müdigkeit wegen des 100 Meter Sprints am Morgen und der gut gelaufenen Zeit.

Irgendwo gelesen:
Wenn die Guten schweigen, haben die Bösen das Sagen.

Ein Gedicht in der Seele wie Schokolade auf der Zunge zergehen lassen.

Von einer Mozart Melodie Tränen in den Augen zu haben.

Beim Geräusch einer sich im Anflug auf Stuttgart befindenden Linienmaschine sofort die Flugzeugszene aus McEwans Roman *Saturday* vor Augen.

Beim Schauen einer Tier-Dokumentation aus Afrika der Gedanke, dass fast niemand mitbekommen würde, wenn es in Afrika keine Löwen mehr gäbe.

Die herzliche Freude eines Freundes beim Wiedersehen, die sich auf mich überträgt.

Das unersetzliche Gefühl des Verstandenwerdens während des Gesprächs.

Lesen als Zeitgewinn.

Essen lediglich als Nahrungsaufnahme.

Mitteilen heißt ja nichts anderes, als mit anderen zu teilen.

Vertiefen in die „Kunst der Fuge" als Kunst und nicht als mathematische Musikform.

Festzustellen wie der Anblick von sonnengebräunten Händen Lebensfreude verleiht.

Ein Fahrgast antwortet auf die Frage vom Busfahrer nach dem Befinden: „Ja, alles okay, alles bestens, alles läuft rund!" Dabei selbst die Frage gestellt, ob die Art und Weise des eigenen Lebens auch ein „Rundlaufen" ist.

Noch immer Neid auf diejenigen, denen das Leben „Spaß" zu machen scheint.

Die Stadt wirbt mit monströsen Kunststoff-Insekten, nennt sich ein paar Wochen lang hochtrabend Science-City.

Wolllust überall, nicht nur in den Lenden, das wäre ein Lebensprinzip, das sich lohnen würde.

Schreiben als Therapieform.

Nach dem Manchester Attentat England in Alarmbereitschaft. Europa spürt die Angst im Nacken. Jemand fragt; „Was, wenn das erst die Wehen sind?"

Schweigen, wo es gilt zu schweigen!

Bedauern darüber, das Glas immer „halbleer" zu sehen.

Am Vorabend einen kleinen halbrunden Käfer auf der Badezimmerwand entdeckt, der am nächsten Morgen ebenso unbeweglich auf der gegenüberliegenden Wand hockt.

Festzustellen, wie Mozarts Musik Mut macht.

Schreiben ist wie reden, nur mit dem Stift in der Hand. Ist es auch ein Horchen?

Zwei übergewichtige Damen in den knappen T-Shirts ihres Fitnessstudios, mit Sporttaschen, offenbar auf dem Weg zum Training. Die eine erzählt der anderen, gestern habe sie Pfannkuchen gemacht, heute gebe es Linsen und morgen Schweinebraten.

Auf der Liste der 10 verhassten Dinge stünde mit Sicherheit auch das Einatmen müssen von Zigarettenqualm auf offener Straße.

Nicht zusehen können wie das Altstadt-Kino abgerissen wird, weil es ein Kindheits-Ort war.

Wieder einmal das Bild der toten Schwester in der Aussegnungshalle vor Augen.

Erinnerung an Kletterabenteuer über die Altstadtdächer, an Feuerleitern empor. An das Springen von Dach zu Dach. Oder an Mutproben, von denen eine bedeutete, sich im Zwischenraum zweier eng beieinander stehender Häuser an den Wänden emporzuarbeiten, indem man sich mit ausgestreckten Beinen gegen die eine Hauswand stemmte, während man gleichzeitig den Rücken gegen die andere presste und so langsam nach oben robbte. So hoch, dass ein Abrutschen den metertiefen freien Fall bedeutet hätte.

Die Erkenntnis, immer lärmempfindlicher zu werden. Deshalb in der Fußgängerzone wegen einer Kinderschar einen Umweg gewählt. Dabei mitten in den Transport von fahrbaren Regalen geraten, die von Leuten in Firmen T-Shirts über Pflastersteine geschoben werden. Zur selben Zeit rattert eine Horde Skateboard Fahrer mit neonfarbenen Brettern ohrenbetäubend vorbei.

Einige Stunden später im Garten vergeblich zwischen Taubengurren und aufgebrachtem Vogelgezwitscher nach Stille gesucht.

Chloroformgeruch, der stets die Erinnerung an eine Tierarztpraxis heraufbeschwört. Und an den Hund, zwischen die Beine des Vaters geklemmt. Erinnerung auch an den Schmerz beim Verlassen der

Praxis, ohne den Hund, der eingeschläfert werden musste.

Beim Schauen einer Dokumentation über Amerika wieder einmal der Gedanke, dass es sich bei Amerika streng genommen um eine europäische Kolonie handelt.

Dass unter Obama mehr Drohneneinsätze geflogen wurden, als unter seinem Vorgänger, scheint die Besucher des Kirchentages nicht zu stören, die zu Tausenden gekommen sind, um die teuer bezahlten Plattitüden zu vernehmen.

Wut über das Ankarren von 6000 Polizisten auf Steuerkosten, damit ein amerikanischer Ex-Präsident und die Kanzlerin die Rednerbühne illuminieren können.

Das befreiende Gefühl, barfuß über eine Wiese zu gehen.

In gewohnten Intervallen die Angst, den Töchtern könne etwas zustoßen.

Von irgendwo ein lauter Knall, der an einen Silvesterböller erinnert oder an eine Fehlzündung. Jedoch spontan der Gedanke an einen Schuss. Die Überlegung, die Rollläden zu schließen.

Schreibe ich nicht, werde ich unruhig, weil ich nicht schreibe. Schreibe ich, werde ich unruhig, weil ich schreibe. Beides geschieht, weil ich weder für das Nicht-Schreiben noch für das Schreiben genügend Ruhe finde. Und dies, weil ich für beides zu wenig Zeit zur Verfügung habe.

Beim Hören eines Martinshorns in der Ferne der Impuls, den Töchtern eine SMS zu schreiben und nachzufragen, ob bei ihnen alles in Ordnung sei. Beim „Sehen" eines Krankenwagens bleibt dieser Impuls aus.

Erinnerung:
Herbst. Graues, kaltes Wetter. Durch die geschlossenen Fenster das Quietschen einer Bremse auf der Kraftfahrstraße hören. Sofort der Gedanke an *sie*.

Schnell die Schuhe an, raus auf die Straße, die Böschung hinunter, auf der anderen Seite wieder hinauf. Ich sehe den kleinen Körper schon von weitem. Sie liegt mitten auf der gegenüberliegenden Fahrbahn. Eine enorme Autoschlange hat sich auf der Bundesstraße gebildet, jedes einzelne Auto weicht im Schritttempo aus, fährt einen Bogen um den leblosen Körper. Bei jedem Wagen bewegt sich ihr weißes Fell vom Fahrtwind von einer Seite zur anderen, links, rechts, links, rechts. Manchmal kommt ihr Name heute noch über die Lippen.

Das schief hängende Mozart Porträt irritiert beim Schreiben, jedoch nicht so sehr, um aufzustehen und es gerade zu rücken.

Erinnerung an einen Duft, den die Betrachtung von Monets „Brücke am Seerosenteich" ausgelöst hat.

Letztlich doch das Mozart Porträt zurecht gerückt.

Erinnerung:
Paris. 1987. Montmartre. Gegen Mitternacht. Mitten im Rotlichtmilieu. Eine enge, dunkle Gasse. Eine Tür fliegt auf, aus dem Hauseingang wankt

eine betrunkene Prostituierte. Man muss zur Seite springen, um nicht angerempelt zu werden. Sie trägt einen neonfarbenen Minirock, dazu das passende Top, das ihr allerdings von der linken Schulter gerutscht ist, was sie offenbar nicht merkt. Ihr Busen ist zum Anfassen nah. Wochen vergingen beim Verdrängen dieser Begegnung.

Ein alter Mann sammelt auf einer Straßenbegrünung Müll auf.

Bei dem Wort „Gefährte" Gedanken ans Reisen. Und an Gefahr. Gefahr an sich, oder auch Gefahr auf dieser Reise. Vielleicht sogar viele Gefahren. Aber auch an ein „Gefährt", mit dem man durchs Leben kommt, das einem die Reise erleichtert.

Jemanden vermissen, obwohl er da ist.

Ein Kohlweißling flattert leicht und mottenähnlich, wie suchend, in den Garten.

Die Behandlung durch die Sonne gleicht nicht mehr zärtlichen Berührungen, das ist nun schon eher ein Traktieren.

Am Abend kommt Wind auf, fährt in die Bäume. Blätterrauschen übertönt alle anderen Geräusche. Jedoch nur, weil es die ganze Konzentration gefangen nimmt. Der Garten wartet mit allerlei Grüntönen auf. Der hintere Teil des Gartens schimmert im Licht der Abendsonne goldgrün und leuchtet hell durch das mattere, weichere Grün der nahen beschatteten, dunkleren Nadelbäume. Die Vorstellung, dass dies kleine Meer aus Grün mich in *Ruhe* baden könnte.

Mit dem Sonnenlicht weicht der Glanz aus dem Garten, von den Bäumen, und von allem anderen auch.

Gelegentliches Bedauern über das Fehlen einer Magnolie im Garten.

Der Wunsch nach der Mozart Serenade KV 204 kommt auf, als ob sie die Musik für diesen Abend wäre.

Nach dem Telefonat mit der jüngsten Tochter von deren Freudlosigkeit angesteckt. Dabei noch ein schlechtes Gewissen, da sie gerne bei ihrem Vater sein würde, es aber nicht das terminierte Papa-Wochenende ist.

Den Trost des Lesens erfahren können.

Beim Sechs-Uhr-Geläut der Kirchenglocke die Erinnerung an den Besuch einer katholischen Messe in Derry, Nordirland, und an einen Blutfleck Abendsonne auf einem Stacheldraht.

Am Wasser. Unter dem Kirschbaum der alte Platz. Ein Ort. Seelenort. Auf der Wiese, wie hingeworfen, liegen große Flecken Licht und Schatten. Schattenlichtmosaik. Leichter Wind kühlt die wassernasse Haut. Bei alldem die Sehnsucht nach dem ewigen Sommer.

Tauchen als Sinnbild für Erneuerung.

Schwimmt man nach draußen, ist die Farbe des Wassers blau. Wendet man sich zur Landseite hin, zum Ufer, ist sie grün.

Ein älterer Badegast, der zu einer Gruppe Einheimischer gehört, die sich den ganzen Sommer dort trifft, begrüßt eine ankommende Frau (bedeutend jünger als er), mit äußerster Höflichkeit und Komplimenten. Er sagt, er habe oft an sie gedacht und freue sich besonders, sie nun einmal wieder zu treffen, gerade heute, wo sein Sohn zu Besuch da sei. Der Sohn stellt sich daraufhin vor. Der Vater berichtet dem Sohn mit gesenkter Stimme, emotional und schwärmerisch, von dieser Frau, der die Komplimente sichtlich peinlich gewesen sind und die im Nachhinein kaum Notiz von dem Mann nimmt und sich angeregt mit anderen unterhält.
Später erzählt sie einer Gesprächspartnerin, in einem Ton von Offenheit und Vertrauen, dass sie gelernt habe, völlig unabhängig von der Liebe eines anderen Menschen und der Aufmerksamkeit und Wertschätzung anderer, das Glück nur in sich selbst finden zu können.

Das Gefühl von Einsamkeit, unter vielen Menschen.

Schrecklich, dass man etwas als das „Seine" betrachtet, wenn man es liebt.

Wenn der Begriff „Am Horizont nur harmlose Quellwolken" zu einem Landschaftsporträt wird.

Gegen Abend, wenn die Sonne einen bestimmten Stand erreicht hat, bilden sich um die Schwimmenden glitzernde, wogende Silhouetten.

Bei dem Versuch, den Sonnenuntergang zu fotografieren, geht eine Frau sehr nah vorüber. Für einen Moment ihr unangenehmer Kopfgeruch.

Die Feststellung, dass manche Menschen vor jedem neuen Biss die Zunge ein Stück herausschieben, dabei wird Nahrungsbrei sichtbar.

Musik illuminiert.

Der Bekannte erzählt von seinem Bekannten, dessen Bekanntschaft er vor Jahren machte, und der eben mit Familie eingetroffen sei. Dieser Bekannte sei Radiologe in Freiburg und behandle die Fußballer des SC Freiburg. Er sprach in einem Ton von dem Bekannten, als würde alleine die Bekanntschaft zu diesem Mann ihn selbst aufwerten.

Eine Frau erzählt stolz, ihr Sohn mache in Karbon, habe eine Firma aufgebaut, habe Angestellte, ließe sich leider aber sehr selten blicken. Aber ihre Tochter sei zum Glück aus Vietnam zu Besuch, wo sie arbeite und lebe. Sie habe ihr einen vietnamesischen Blechkuchen gebacken. Leider komme auch sie nur ein Mal im Jahr zu Besuch. Beide Kinder kämen nur ein Mal im Jahr zu Besuch, an ihrem Geburtstag. Ihr Blick verfinstert sich und sie wendet sich ab.

Erinnerung an die Bühnen-Jahre, als Sänger vor Publikum. An das Aufbrausen des Beifalls. An das Gefühl, jemand Besonderes zu sein – nur dann.

Ein Mann im Rentenalter geht auf wackligen Beinen über die Steine zum Ufer. Im Wasser macht er einen Tauchsprung und beginnt in einem Stil zu kraulen und sich behände im Wasser zu bewegen, dass ein Gefühl des Neids aufkommt.

Spät am Abend, eine Stunde vor Sonnenuntergang, wenn die meisten Badegäste heimgehen zu Abendessen und Fernsehprogramm, die Vorstellung, der See gehöre wieder mir ganz alleine.

Beim letzten Schwimmgang in den Strahl der untergehenden Sonne zu schwimmen, hinein ins blendend gleißende Licht. Beim Tauchen ist hinter den geschlossenen Lidern noch immer der Strahl der Sonne abgebildet, nur violett.

Das Schweigen und die Stille unter Wasser ebenso genießen wie die scheinbare Schwerelosigkeit.

Musik als Heilerin.

Juni

Bei den Nachbarn fällen sie einen Baum, den einzigen. Als ob ein Elefant zu Boden fällt.

Das Fangen spielen zwischen Mädchen und Jungen auf dem Schulhof ist womöglich nichts anderes als die Vorwegnahme des späteren Flirtens und Eroberns.

Auf der anderen Straßenseite schiebt eine Oma ihr Enkelkind im Buggy. Mit dem großen Schnuller im Mund sieht das Kind wie ein kleiner Roboter aus.

Innerhalb weniger Minuten verwölkte sich der Himmel.

Atembeschwerden auslösende Angst vor dem einen schicksalhaften Moment.

Der See – ein Freund.

Ein älteres Paar im Schlauchboot, das staunend vom See aus das Anwesen betrachtet. Eine Spur lächerlichen Stolz empfinden bei dem Gedanken, für den Hausherren gehalten zu werden.

Wann auch immer man eine Gruppe der polnischen Getreidehelfer entdeckt, stehen, sitzen oder liegen sie in gesicherter Entfernung von den Inselbesuchern.

Mitten in der Nacht ein Sturm, der buchstäblich ums Haus heult wie eine wild gewordene Schar wehklagender Gespenster.

Einem Entenkampf beigewohnt.
Ein Eindringling griff das im Schilfgürtel lebende Entenpaar samt Kinderschar an. Das Entenpaar kämpfte zu zweit gegen den Eindringling und vertrieb ihn. Nach dem Kampf badeten und säuberten sich alle Enten, auch die Kleinen, minutenlang akribisch und voller Hektik.

Mitten in der Nacht so müde, dass die Buchstaben vor den Augen verschwimmen.

Im Bemühen, gute Eltern zu sein (wann ist man das eigentlich?), im Kampf der Argumente und Verfechten eigener Positionen, im Erledigen und Abarbeiten auferlegter Zwänge, und in dem Wunsch, alles richtig zu machen, wundert es kein bisschen, dass Ehen dabei zerrieben werden.

Leiden unter der Anstrengung, gegenüber pubertierenden Töchtern stets auf die Wortwahl achten zu müssen.

Müde der weiblichen Launen wegen. Oder müsste es heißen: Müde all der weiblichen Launen?

Manchmal, im Bemühen ein guter Vater zu sein, das Gefühl, sich in eine Rolle zu zwängen und diese so authentisch wie möglich zu spielen.

Die Frage, welches der vielen Ichs, die man präsentiert, das eigentliche ist.

Ist das Ganze tatsächlich mehr als die Summe seiner Einzelteile?

Im Münsterbrunnen schwimmt gegen Mittag eine einzelne Ente.

Ein neuerlicher Sturm hat die Rosen entblättert. Die dunkelroten Blütenblätter liegen wie Blutstropfen im Gras.

Unterwegs wegen des aktuellen See-Buches.
Die Scham, störend in diesen so „stressigen" Buchhändler-Alltag als Autor einzubrechen, noch dazu mit einer Bitte.

Die gerade noch versteinerte, betagte Buchhändlerin lächelt erst, als sie erfährt, dass sie das Belegexemplar geschenkt bekommt.

Das gegenüberliegende Ufer steht still, wie ein Landschaftsgemälde. Die Bäume, wie getrocknete Pinselstriche. Nur die Autos, klein wie Spielzeugautos, bewegen sich langsam, wie an unsichtbaren Schnüren gezogen, durchs unbewegliche Bild, während auf dieser Uferseite der Wind tobt, Schilf und Weiden, sogar die knorrige Pappel zur Seite neigt.

Freude über das gemeinsame Abendessen. Illusion von intakter Familie.

Kindheitserinnerung:
Vom Küchenfenster der Altstadtwohnung aus das tägliche Füttern einer ganzen Taubenschar, die sich auf dem halb zerfallenen Dach des gegenüberliegenden Schuppens jeden Tag zur selben Zeit niedergelassen hatte. Jede bekam einen Namen. Die Lieblingstaube war eine vielgefleckte.

Ohne die störenden Surfer und Segler läge der See ganz still und unberührt, ganz bei sich.

Immer, wenn die Sonne aus den schnell dahinziehenden Wolken bricht, leuchtet das Wasser über dem sandigen Grund, als erstrahle am Boden ein türkisfarbenes Licht.

Überall Grund und Boden, samt stattlichen Häusern, am Seeufer, aus altem Familienbesitz, oder in den 1970er Jahren erworben, als es schick und noch günstig war, sich auf Halbinseln und Inseln Refugien zu erwerben. Exile, in die man fliehen konnte nach erledigter Arbeit auf dem Festland, in den Städten. Die Kinder (meine Generation) flohen jedoch von der Insel, hinaus in die Welt, in noch größere Städte. Gelegentlich sogar übers große Wasser, in fremde Metropolen des Erdballs, um irgendetwas Erfolgversprechendes zu studieren. Um etwas zu riskieren, zu erreichen, zu bedeuten. Um letztlich, mehr oder weniger erfolgreich oder gescheitert, als Erben zurückzukehren in die gepflegten Häuser und Gärten ihrer verstorbenen Eltern, an die Ufer des Sees, beneidet darum von Leuten wie mir.

Das stundenlange unerträgliche Quaken eines Frosches vertreibt die Lebelaune.

Das frühmorgendliche Schwimmen wird wegen eines aggressiven Schwans, der seine vier Jungen im Schilf fauchend und mit vorstoßenden bösartigen Attacken verteidigt, zur Mutprobe.

Die jüngste Tochter hat es nach tagelangen Annäherungsversuchen endlich geschafft, die Küken der Blesshühner zu streicheln.

Am Abend weht der Geruch eines offenen Feuers zur Verandatüre herein. Und mit ihm ein Gefühl von Freiheit.

In der Tagesschau die Information, dass es noch nie so viele Waffenverkäufe in Deutschland gab wie unter der jetzigen Regierung. Der Gedanke, dass diese Meldung in den 1970er Jahren möglicherweise zu einem Attentat der RAF geführt hätte.

Später eine Reportage über Kroatien, über die „heißesten" Clubs und die „heißesten" Parties dort. Erinnerungen an das frühere Jugoslawien, an eine Reise an die jugoslawische Küste. Erinnerung auch an den Jugoslawien Krieg, dessen Gräueltaten, gewissermaßen „vor unserer Haustüre", heute niemanden mehr interessieren.

Wir brauchen nun schon Medien-Ethiker.

In einer Talkrunde wird über die „Entweltlichung" der Kirche in Deutschland gesprochen. Weshalb gerade jetzt über die Trennung von Staat und Kirche diskutiert wird?

War das Jahr 2015 eine Zeitenwende für Deutschland?

Vergebliches Bemühen am eigenen Arbeitsplatz um die Einführung eines Schulfaches Namens „Medienkompetenz".

Lesen eines Berichtes über die Entmenschlichung der Arbeitswelt: Wie Maschinen und Roboter die Arbeit von Menschen übernehmen, selbst Autos nicht mehr von Menschen gelenkt und gefahren werden müssen. Kann eine Welt öder sein als eine solche?

Die Befürchtung, die Paranoia der Amerikaner ist seit der Kommunisten-Verfolgung durch McCarthy kein bisschen schwächer geworden oder gar gewichen. Heute klammert sie sich lediglich an andere Ziele.

Lesen eines Albert Schweizer Zitates.
Welche Kreatur, außer der Mensch, sich mehr nimmt, als sie zum Leben brauche …

Bei *Andersch* auf das Wort „umbrandet" gestoßen und Sehnsucht nach dem Meer bekommen.

Vielleicht ist der Hedonismus die Religion unserer Zeit?

Steckt in jeder Sucht auch eine Suche?

Wind aus Nordafrika in den Straßen.

Drei sehr alte Menschen unterhalten sich vor dem Jugendhaus über die schlimme Jugend heutzutage. Dabei stammen sie selbst doch wohl aus einer Zeit, in der gerade auch die Jugend Juden aus den Häusern zerrte, sie schlug und anspuckte und, wer weiß, vielleicht auch beim Abtransport half.

Seit Tagen Gedanken an Christopher J. McCandless, an seine Wanderschaft, seinen Tod.

Die Erfahrung, dass manche Menschen nur so lange arrogant sind, bis man sie kennenlernt.

Der Versuch, ein bestimmtes Bild aus der Erinnerung hervorzuholen. Eines, das einem im Augenblick hilft.

Der Impuls, ein schlechtes Gewissen mit Geldzahlungen zu erleichtern. Der Gedanke, für seine Schuld zu bezahlen.

Wieder unerträgliche Hitze. Und erste Anzeichen einer Nervenschwäche.

Vor mir ein neues Auto mit einem alten Aufkleber aus den 1980er Jahren. Die Deutsche Flagge.
In jedem der drei Farbstreifen ein Wort:
Fressen. Ficken. Fernsehen.

Erinnerung an den gestrigen Abend. An das gemeinsame Proben eines Songs mit der jüngsten Tochter. Im Einklang der beiden Stimmen echte Begegnung empfunden.

Musik als gemeinsame Erfahrung.

Mehr als ein halbes Leben lang die Überzeugung vertreten, dass die bösartigen, kriminellen Energien die Welt stärker durchdringen als alles andere.

Nachdem der Bundesfinanzminister von Deutschlands Schulden berichtet, die Frage: Warum eigentlich kein Schuldenerlass für alle?

Die Erfahrung, dass ein gutes Wort selten auf unfruchtbaren Boden fällt.

Manches Menschenleben erinnert an ein altes, verwahrlostes Haus.

Am Morgen einen wunderschönen Satz gelesen. Und mit ihm kamen Kindheitserinnerungen auf.

Seit Tagen endlich kühlerer Wind. Treibende Regenwolken, Bäume rauschen. Ein Anflug Wildheit auch in mir.

Juli

Wieder Hitze und klaustrophobische Gefühle.

Auf dem Jahrmarkt zupft eine Friseurin ihrer Kundin eine Haarsträhne ins Gesicht und meint: „Damit das Gesicht nicht leer bleibt".

20 000 Polizisten beim Gipfeltreffen. Die Welt offenbar in Bewegung.

Musik als Stimmungsaufheller.

In die Innenstadtwohnungen haben sie die Flüchtlinge der ersten Welle gestopft. Jetzt leben sie in Hinterhöfen und engen Gassen, in Altbauten mit Klo überm Hof und Müllbergen vor der Hintertüre.

Die Kinder gewöhnen sich als erste an die neue Lebenssituation, rennen bis zur Dunkelheit durch die Gassen und stecken ihr neues Revier ab. Den Eltern bleibt die neue Welt fremd und verschlossen. Manche wollen es auch so.

Sind wir die „To-Go-Generation"?

Auf der ausgefahrenen Markise schwimmt das Sonnenlicht wie in einem Bassin.

Nur noch wenige empfinden Anglizismen in unserer Sprache als störend. Den anderen scheinen sie Coolness und Amerikalust zu bedeuten.

Eine Nonne kreuzte meinen Weg. Hätte sie gerne gefragt, wie es sich als Braut Jesu lebt. Und ob sie diesen Schritt aus Liebe zu Gott getan hatte oder nur aus Furcht vor der Welt.

Welchen Gewinn hat man im Opfern?

Durchs geschlossene Fenster die im Wind wie wild gestikulierenden Bäume zu beobachten, ist wie der Anfang einer Geschichte.

Brauchen wir Geschichten?

Die Feststellung, dass früh morgens der Geruch des Achselschweißes bestimmter Busfahrgäste weniger zu ertragen ist als am Abend.

Ist das sogenannte „Helfersyndrom" vielleicht nur eine Erfindung der modernen Psychologie, um den seltenen menschlichen Zug der Nächstenliebe negativ zu deuten?

Was soll man von einer Pseudowissenschaft halten, die nicht zu heilen vermag, sondern nur ruhig zu stellen?

Fernsehbilder eines aktuellen Krieges.
An den Spruch gedacht: Stell dir vor es ist Krieg und keiner geht hin.

Musik als Flucht

Beim Lesen eines Martin Walser Textes die Frage, ob Auschwitz aus dem kollektiven Bewusstsein dieses Volkes verschwunden ist.

Man müsste einmal recherchieren, weshalb manche Häuser, inmitten anderer, bewohnter, sogar renovierter Häuser, jahrzehntelang leer stehen.

Eine angenehme Überraschung, wenn jemand im Straßencafé ein Buch liest, anstatt auf ein Smartphone zu starren.

Angekündigt hatte es sich mit kurzen Attacken vor einigen Tagen. Jetzt ist es ein ständiges Schwindelgefühl, das jegliche Lebensaktivität enorm erschwert und so etwas wie „Lebensfreude" völlig vernichtet.

Unvorstellbar weit entfernt erscheint die Tatsache, noch genau vor einer Woche mit den Schülern Fußball gespielt zu haben, ohne irgendeine körperliche Beeinträchtigung.

Auf einem Parkplatz telefoniert ein Mann offenbar mit seinem Friseur, bittet um einen schnellstmöglichen Termin, am besten noch am selben Tag, meint, dass ihm schon die Haare auf die Schultern fallen. Weshalb übertreiben wir nur immer, wenn es um die Durchsetzung unserer Ziele geht?

August

Im Garten nur noch herumflatternde Weißlinge.

Ein kurioses Gefühl, mit der Ex-Frau den Speicher des ehemaligen gemeinsamen Hauses zu entrümpeln und Gemeinsamkeiten einer zwanzigjährigen Ehe zum Sperrmüll zu geben.

Die Erfahrung, dass in der helfenden Hinwendung zum anderen die Ich-Fixierung nachlässt.

Manchen Menschen merkt man die Begegnung mit dem Meer nicht an.

Erst am Abend eine letzte Wolke, dünnes Überbleibsel, mehr Dunst als alles andere. Die Sonne, nur noch Milchglaslicht, trübe und vergehend. Restlicher Himmel schweigt, helles transparentes Blau.

Wetterdienste quacksalbern vom Ende des Sommers.

Seit Tagen die Frage, wie man Ängste bekämpft. Indem man sie zulässt? Oder sich gegen sie stellt und Widerstand leistet?

Jemand, der vor lauter Angst die Wohnung nicht verlassen kann. Und dabei die eigene Ohnmacht, nicht helfen zu können.

September

Das Gefühl, jeden Tag neu entscheiden zu müssen, aufzustehen, den Kampf erneut aufzunehmen.

Musik als Mutmacherin.

Worte nur um der Lust des Formulierens willen auszusprechen. Oder um der Verstockung, der Starre entgegen zu wirken.

Wenn ein einziger Satz zur Türe wird, aus der wir hinaustreten aus dem Dunkel.

Ekel beim Anblick Döner essender Menschen, morgens vor zehn Uhr.

Die Erfahrung, dem eigenen Gesicht im Spiegel nicht in die Augen sehen zu können.

Impressionen irischer Landschaften vor dem inneren Auge.

Manchmal trägt man in der Flucht keinen Sieg davon.

Oktober

ARTE berichtet über eine windumtoste bretonische Atlantikinsel. Die Insulaner, allen voran ein weltbekannter Komponist, bezeichnen das Leben der Festländer als verfehlt, ihr eigenes für gelungen.

Das Gefühl, ein Wunder erlebt zu haben, als der Chef der Tierklinik vorschlägt, er würde die angefahrene, halbtote Katze der Kinder auf eigene Kosten operieren.

Umso größer ist die Ernüchterung, heute zu erfahren, dass der Chefarzt der Tierklinik nun doch Geld für die Operation haben möchte – wenigstens die Hälfte.

Manchmal helfen alle gutgemeinten Worte und Überzeugungskraft nicht, sondern nur eine chemische Substanz, nicht größer als der Kopf einer Stecknadel.

Sollte ich mir Sorgen machen, dass mich die goldene Oktobersonne und die buntleuchtenden Blätterfeuer nicht selbst entflammen?

Dinge einfach spurlos an sich vorbeiziehen lassen. Wie den Atem, der kommt und geht.

Das Gefühl, in Beziehungsgeflechten „verstrickt" zu sein, verstärkt sich. Und zu all den Vereinnahmungen nun auch noch der Kampf gegen sie.

Jenseits der Gartenhecke erzählt eine Frau von einem Kirschlorbeerstrauch, der dieses Jahr zum zweiten Mal blühe. Das Wort „Kirschlorbeer" zergeht wie etwas Cremiges auf der Zunge.

Wenn man seine Gefühle kennt, und benennen kann, wird es leichter.

Ein Gebet ist immer eine Brücke.

Ein überhöhtes Maß an Intellektualisierung macht uns unempfindlich im schlechtesten Sinne, sowohl für die Schandtaten der Täter als auch für die Leiden der Opfer.

Die Diktatur der Toleranz wurde genau von jenen beendet, die sie mit aller verbalen und formalen Gewalt eingefordert hatten. (Gedanken zur Bundestagswahl)

November

An der Haltestelle von einer alten Frau angesprochen. Erfahre innerhalb von drei Minuten, dass sie Nachtschwester in einem Krankenhaus gewesen ist und gleichzeitig für die Stadtverwaltung die Wasserversorgung der Außenbezirke kontrollierte. Erfahre von aktuellen Baumaßnahmen, auch von misslungenen. Erfahre, dass sie vier Kinder hat und der älteste Sohn als Fuhrunternehmer auf Gibraltar lebt. Das Wort „Gibraltar" löst Sehnsuchtsgefühle aus, auch Neid. Zugleich die Frage, wie es sein kann, dass ich noch immer in derselben Stadt lebe, in der ich geboren wurde, und welche Schwäche, welche Angst mich zurückgehalten hat, meine Sehnsucht an einem fernen, fremden Ort zu stillen.

Ein Gefühl des Ekels, als der Busfahrer während einer kurzen Haltepause seine Fingernägel schneidet.

Alle 11 Minuten sollen sich Singles bei einer bestimmten Online-Börse verlieben.

Auf dem Zebrastreifen eine junge Frau, die einen alten Mann mit Gehhilfe über die Straße begleitet. Der alte Mann erzählt ihr genau in dem Moment, als ich an den beiden vorübergehe, dass der Mann, der vor der Apotheke stehe, früher ein so schöner Mann gewesen und heute völlig kaputt sei. Zucke bei dem Wort „kaputt" zusammen und entdecke den Mann, von dem geredet wurde, vor der Apotheke. Erschrecke, da ich ihn erkenne.
Er war Meister und Ausbilder in einem Handwerksbetrieb. Er hätte gut einen Filmschauspieler abgegeben, damals. Ging stolz und lächelnd umher, war sich seiner Wirkung bewusst. Die Damenherzen im Betrieb waren ihm nur so zugeflogen.
Heute kann man die frühere Eleganz und Attraktivität des Mannes, der mühsam sein rechtes Bein

nach sich zieht, nur noch erahnen. Von dem Mann ist tatsächlich nicht mehr viel übrig.

„Das bist du", sagt die Stimme in meinem Kopf. Auch wenn es in diesem Moment nicht vorstellbar erscheint. Und auch nur dann, wenn der Prozess des Verfalles nicht durch einen Unfalltod oder eine frühzeitige Krebserkrankung vorweggenommen wird. „Das bist du!", wiederholt die Stimme.

Heute noch nicht einmal der Wunsch, Musik zu hören. (Am 9. November)

Der schockierende Gedanke, dass es noch nicht einmal ein ganzes Menschenleben her ist, dass hierzulande marodierende Nazihorden die Welt veränderten.

Ein Flüchtling hierzulande ist ein Mensch, der meint, ins gelobte Land geflohen zu sein, und stattdessen in einem Barackenzimmer in irgendeinem deutschen Industriegebiet landet.

Beim Anblick der beleibten jungen Frau, die sich lächelnd zu dem Pulk von Flüchtlingen im Bus setzt, der Gedanke, es möge tatsächlich Gastfreundschaft und pure Freundlichkeit sein und nicht unterschwellige sexuelle Spannung. Empfundene Scham bei diesem Gedanken der Einmischung.

Die Frage, weshalb wir uns sogar für Gedanken schämen?

Ein Moment totaler Ernüchterung:
Im ehemaligen Buchantiquariat befindet sich jetzt ein Immobilienmakler-Büro.

Ein Glück, dass Fernsehen geruchlos ist.

Gibt es so etwas wie Gedanken-Hygiene? Und wie betreibt man sie?

Weshalb verklären wir unsere Vergangenheit? Ist das schon eine Art Gedanken-Hygiene?

Warum ziehen wir die Schultern hoch, wenn wir frieren?

Die Erfahrung, dass beständiger noch als die Angst die Sorge ist.

Die Erfahrung, dass die Sehnsucht immer stärker ist als die Erfüllung. Und dass die Erfüllung von Träumen nie hält, was sie verspricht. Dass nur der Traum in uns die größte Kraft entfaltet.

Vor dem Kinderbuchregal die Frage, ob wir deshalb Monster und deren Geschichten erfinden, um dem unsichtbaren, namenlosen Grauen ein Gesicht und einen Namen zu geben, damit es erträglicher wird.

Erstaunen über die Tatsache, dass wir selbst unsere eigene Geschichte irgendwann erfinden.

Nur noch ein Rauschen im Kopf, in dem sämtliche Dinge konturlos werden.

Hat man ein Signal übersehen, wenn man jeden Abend nur noch froh ist, den Tag halbwegs überstanden zu haben?

In einer Bücherkiste, die die Ex-Frau zur Abholung bereitgestellt hat, Rilkes „Stundenbuch" entdeckt. Zwischen den Buchseiten steckt noch der alte Kassenzettel. Neunzehn Jahre alt. Mit dem Stempel einer längst vergessenen Buchhandlung. In welchem Gebäude am Marktplatz hat sie sich befunden?

Wie viele Begebenheiten, Orte, Menschen und Dinge vergisst man wohl im Laufe seines Lebens? Und sind sie dennoch irgendwo *aufbewahrt*?

Vor dem Schaufenster eines Babywaren-Ladens die Frage, ob die Lügen nicht schon vor unserer Geburt beginnen, wenn die Eltern mit sanfter Musik, Streicheleinheiten für den prallen Bauch und säuselnden Stimmen uns die Welt als wunderbaren Ort vorgaukeln. Und selbst später hören wir nicht auf, uns die Welt schön zu lügen.

Weshalb leben wir?

Aus den Parkhäusern kommen Männer in schwarzen Winterjacken, schwarzen Schuhen, in schwarzen Hosen und mit schwarzen Rucksäcken. Strömen zum größten Arbeitgeber der Stadt. Eine

Fabrik mit rauchenden Schornsteinen. Schwarzer Rauch am grauen Himmel. Noch immer lösen diese Bilder Beklemmungen und Abscheu aus.

Die Frage, wie viel die Farbauswahl der Kleidung über einen Menschen aussagt.

Beim Anblick des ersten Schnees diesen Winter eine Kindheitserinnerung, und die Feststellung, dass nichts geblieben ist von der Freude am Schnee. Die Gewissheit, dass viele solcher Kinderfreuden abhanden gekommen sind, löst minutenlange Traurigkeit aus. Später die Feststellung, dass die hinzugekommenen Freuden des Erwachsenenlebens, einschließlich Sex, die verlorenen Kinderfreuden nicht ersetzen können.

Heute gelesen: Herr, lehre uns, dass wir sterben müssen, auf dass wir klug werden.

Der stille Garten unter der Schneedecke wirkt freundlich und verströmt Ruhe.

An einem Unfallort die Hoffnung, unter der Horde Gaffer möge wenigstens einer sein, der Mitleid empfindet.

Am Zeitungsstand:
Man beklagt wieder einmal die zunehmende Verrohung im Land. Von Willkommenskultur kann wohl keine Rede mehr sein. Gerade die afrikanischen Wirtschaftsflüchtlinge, deren Kontinent seit Hunderten von Jahren von weißen Kolonialmächten ausgebeutet wird, wollen nun mit allem Recht der Welt ein paar Krumen vom Kuchen zurückhaben. Verwunderlich nur, dass sie mit diesen wenigen Krumen schon zufrieden wirken.

Dem marktschreierischen Weihnachtsmarkt über Seitenstraßen ausgewichen.

Die Feststellung, dass selbst in der Beklemmung, in der Angst, Ruhe zu bewahren ein Kampf ist, der sich lohnt. Erst recht, da man ihn oft genug verliert.

Erleichterung und Dankbarkeit über das Nachlassen des bedrückenden Gefühls des „Verstricktseins" in familiären Beziehungsgeflechten.

Die Erkenntnis, dass man sich aus reinem Selbstschutz von Menschen abwenden muss, denen man eigentlich helfen sollte.

Jemand sagt: „Nur schwache Menschen verklären ihre Vergangenheit."

Warum verklären wir?

Dezember

Von meinem verstorbenen Vater geträumt. Er ging wie immer in Unterhose und Unterhemd umher, öffnete Küchenschränke, in der einen Hand das Bierglas mit dem großen Henkel. Man konnte ihn nicht ansprechen, er selbst nahm von nichts Notiz. Er war da und doch nicht. Noch im Traum die Erkenntnis, mit ihm immer schon zu wenig gesprochen zu haben. Beim Erwachen war der Schmerz noch immer da. Selbst jetzt, vier Stunden später, spüre ich ihn noch. Die Feststellung, dass die Versäumnisse an dem Verstorbenen sensibilisieren sollten für die Lebenden.

Ein Mann an der Bushaltestelle erzählt einer Bekannten, dass er letzte Nacht gegen 0.30 Uhr sämtlichen Nachbarskindern einen Schokoladen-Nikolaus vor die Türe gestellt hat.

Eine Kollegin erzählt vom Christus-Bewusstsein, nicht aber von Christus selbst.

Beim Gedanken an die Ex-Frau aufkommende Wut. Und mit ihr die Frage, ob wir zu dem werden können, wie man uns sieht.

Mit großer Freude eine SMS der Tochter gelesen, die schreibt, dass sie gerade eben der Musik begegnet sei.

Morgens Darjeeling mit Honig und einem Schuss Milch, immer.

Wenn das Badezimmerfenster auf Kippstellung geöffnet ist, hört man die ferne Kraftfahrstraße rauschen. Das Geräusch löst angenehme Gefühle aus.

Körperlich deutlich spürbare Abneigung gegen den Gebrauch von Floskeln bei Gesprächen.

Auffällig, dass in deutschen Krimis die Wirklichkeit verzerrt und fast jedes Verbrechen aufgeklärt wird.

Der Gedanke, dass das Leben nur mit Musik zu ertragen ist.

Die Frage, ob es möglich ist, froh zu sein, dass man lebt, und dabei doch keine Lebensfreude zu empfinden.

Sich zum „Danken" zu ermahnen, als ein Akt der Selbstdisziplin.

Die Frage, wie oft man wohl *unbemerkt* Floskeln gebraucht.

Eine immer wiederkehrende Heimsuchung:

Bei fremden Nummern auf dem Display sofort der Gedanke, dass einer der Töchter etwas zugestoßen ist. Und mit dem Gedanken und der Angst sofort innere Bilder von einer Intensivstation oder einer Leichenhalle.

Der Versuch, sich nahestehende Personen auf einem OP-Tisch vorzustellen.

Immer wieder das nervöse Zucken des rechten Augenlides.

Erstaunen darüber, wie schnell sich, während des Alleinseins, das Gefühl von Einsamkeit und Zufriedenheit gerade über das Alleinsein abwechseln.

Bis zum Krankenbesuch am Nachmittag Stunden in totaler Schweigsamkeit verbracht. Zudem in einem Gefühl innerer Entfremdung.

Ein Krankenbettnachbar erzählt, dass er im Krankenhaus gelernt habe, was „Mensch sein" wirklich bedeute. Dass es im Leben nämlich nur eine wirkli-

che Freude gäbe: Jeden Morgen zur selben Zeit die
große Notdurft erledigen zu können.

Nach dem Krankenbesuch der Entschluss, die all-
täglichen Dinge wieder bewusster wahrzunehmen
und zu schätzen. Und sofort der Gedanke an das
Misslingen dieses Vorhabens.

Den bevorstehenden Arbeitstag als Bedrohung zu
empfinden.

Die Frage, wie wohl die vor 33 Jahren verstorbene
Schwester heute, mit 66 Jahren, aussehen würde.
Zugleich die Frage, ob ein Teil von uns wirklich
stirbt, wenn wir jemanden verlieren, den wir lie-
ben.

Warten auf den Befund der Gewebeprobe, im Auto
sitzend, und gleichzeitig mit der Unvorstellbarkeit
eines schlechten Ergebnisses ringend.

In der fremden Stadt ein Antiquariat entdeckt. Für
jeweils zwei Euro Böll Romane entdeckt. Und mit

ihnen die späte Genugtuung gegenüber der Ex-Frau, die bis heute die Böll Bücher nicht herausgerückt hat. Zugleich ein Gefühl der Scham wegen dieser empfundenen Genugtuung.

Das Innere des Autos als eine Art Schneckenhaus zu empfinden.

Nachdenken über die Redewendung: Mir ist ein Stein vom Herzen gefallen.

Auf dem frequentierten Marktplatz die Idee, die sich kreuzenden und nebeneinander verlaufenden Wege der Passanten, aus der Vogelperspektive als Linienskizze zu sehen.

Aus dem fahrenden Bus heraus entdeckt: Ein Mann in schwarzer Kleidung, vom Scheitel bis zur Sohle, steht alleine auf einem Schneefeld. Gedanken an eine Riesenkrähe.

Die Frage, ob die notizzettelgroße To-Do-Liste hinter der Busfahrkarte eine psychologische Bedeutung hat. Vielleicht jene, mit Dingen, die zu tun oder zu besorgen sind, irgendeine Art zukunftsweisenden Antrieb zu haben. Sagen uns zum Beispiel die Bücher, die man noch lesen möchte, die CDs, die man noch hören will, die neue Teesorte, die man probieren möchte, die orangefarbene Daunenjacke, die man gerne haben würde, vielleicht etwas über Lebensmotivation oder sogar Lebensfreude aus? Oder signalisieren sie zumindest eine Art Lebensbereitschaft?

Eine grauhaarige Frau im Pelzmantel, die aufgrund ihrer Körperfülle und der vielen Einkaufstaschen mit ein und demselben Firmen-Logo einer Boutique den ganzen Gehweg für sich beansprucht.

Im Klassenzimmer die Frage eines Schülers aufgeschnappt: „Wenn man nachts von einer Frau träumt, ist sie dann eine Traumfrau?"

Die befreiende Feststellung, jemanden nicht mehr ändern zu wollen, selbst wenn man meint, es geschehe zu seinem besten.

An Menschen gedacht, die beim Lachen stets den Kopf in den Nacken legen und den Blick Richtung Himmel richten.

In einem derzeit gelesenen Buch gesteht ein Mann seiner Frau einen Seitensprung mit den Worten, er habe sich wieder „lebendig" fühlen wollen, denn das alles, die Familie, die Kinder, der Zehn-Stunden-Job, das Haus, der Luxus, die Bedürfnisse aller, hätten ihm die Luft zum Atmen genommen.

Die aufkommende Frage, wodurch wir uns lebendig fühlen.

Jemand, der niemals die Kellertreppe hinaufsteigen kann, ohne einen unmelodiösen Rhythmus mit den Fingern aufs Treppengeländer zu klopfen.

Die Fatalität, alten psychologischen Mustern ausgeliefert zu sein.

Die Frage, ob die tatsächliche Wirklichkeit mit der „gefühlten" Wirklichkeit in einem ständigen Kräfteausgleich steht. Wenn ja, was wäre dann eigentlich wirklich? Und bestünde demnach die Möglichkeit, dass es stets um Wahrnehmung geht, nicht aber um Wirklichkeit?

Der Wunsch, die Kraft zu besitzen, alte Verhaltensmuster zu durchbrechen.

Entgegenkommende Passanten leise grüßen, so leise, dass sie es nicht hören können. Es muss wohl für einen selbst eine Bedeutung haben.

Januar

Beim Fassen eines Vorsatzes ertappt.

Beim Mitteilen das Gefühl zu haben, mit jemandem zu teilen.

Im Wartezimmer des Arztes das Wort „Sternenhimmel" auf einem Kinderbuch zuerst als das Wort

„Seniorenhimmel" gelesen. Vermutlich deshalb, weil das Wartezimmer voller Senioren ist.

Auf die Frage, wie es ihm gehe, antwortet ein Fahrgast dem Busfahrer: „Wie immer, man müsse kämpfen, immer kämpfen, immer!"

Der Gedanke, aufzugeben wäre schön, jegliche Gegenwehr völlig einzustellen.

Beim Erwachen einige Augenblicke lang das Zirpen von Grillen gehört, bis das Zirpen sich als Vogelgezwitscher entpuppte. Ein Gefühl der Enttäuschung noch jetzt beim Aufschreiben.

Erste Triebe an Bäumen schmerzlich herbeisehnen.

Ein Gespräch geführt über den „unbedingt notwendigen" Mut, der zu einem Neuanfang gehört.

Wegen eines längeren Kuraufenthaltes der Ex-Frau notgedrungen bei den Töchtern eingezogen. Nach anfänglichen nervösen Irritationen stellen sich Gefühle der Heimatlosigkeit ein.

Das Glück, in einem Buch zu lesen.

Zum ersten Mal im neuen Jahr ein wolkenloser blauer Himmel. Das Wort „Frühlingsversprechen" im Sinn.

Der Gedanke, sich eine andere Mimik und Gestik anzugewöhnen, um die nahestehenden Mitmenschen zu überraschen. Und um das Gefühl zu bekommen, ein anderer sein zu können.

Das Gefühl, im eigenen Leben unheimisch zu sein.

Die Frage, was man mit Liebe tut, die sich verschwenden und vermehren möchte, wenn es zum Preis von seelischen Verletzungen anderer führt.

Liebe – als Antwort sehen.

März

Mit einem Gefühl der Freude den ersten Schmetterling dieses Jahr im Garten entdeckt. Beim Beobachten des Flattermannes der Gedanke, wie unpassend das deutsche Wort für dieses Tier doch ist, gegenüber dem englischen.

Seit Tagen der Gedanke, wie bestürzend sich das eigene Leben verändern kann, wenn man sein Herz öffnet. Und wie sehr dies mit aktuellen Lebensumständen kollidieren kann.

Das seltsame, überaus angenehme Gefühl, nicht als Tourist in der Mozart Stadt Salzburg zu sein, sondern als Buch-Autor, noch dazu eines Mozart Romans.

April

Ein Mann fotografiert ein kleines Mädchen mit einem iPad. Während er die richtige Position sucht, lächelt er sie unentwegt an, damit sie *auch* lächelt – für das Foto.

Vor der Drogerie versucht ein Mann seine Begleiterin zu küssen, die aufgebracht auf ihn einredet. Sie macht eine kurze Redepause, spitzt die Lippen, lässt sich küssen und redet sofort weiter.

Vor derselben Drogerie während eines Gespräches aufgeschnappt: Nicht wenige Menschen unternehmen Städtereisen, um die Preise der Billig-Fresstempel miteinander zu vergleichen. Und dass Städte mit billigem Essen auf der Beliebtheitsskala weit oben rangieren.

An einer dunkelgrünen Wiese, übersät mit blühendem Löwenzahn, entlanggegangen.

Ein Mann unschätzbaren Alters (doch nicht mehr jung) balanciert an der Bushaltestelle auf der Bord-

steinkante hin und her. Hinter ihm, in einiger Entfernung, überquert in diesem Moment ein herren-
loser, struppiger Hund einen Zebrastreifen.

Eine Frau am Steuer eines dunkelblauen Autos
schneidet sich, während sie an der Ampel auf die
Grünphase wartet, die Fingernägel.

Der Himmel voller Sonnenlicht und wolkenlos.
Eine an der Bushaltestelle sitzende Frau sagt: „Ein
Morgen wie ein Honigbad." Andere auf den Bus
Wartende lächeln.

Vorfreude auf den bestellten Keats Gedichtband.

Die Angst, jemand Nahestehenden zu verlieren,
ohne aktuellen Anlass zur Befürchtung. Dennoch
diese Angst als krampfartigen Dauerschmerz im
Magen verortet zu wissen.

Gedanken an Susan Sontag, an ihr Zitat: Ich lebe
mein Leben, aber ich lebe nicht in ihm.

Erstaunen darüber, wie sehr eine Tätowierung, als Symbol für einen alten Traum, diesen neu entfachen kann.

Zu den Menschen zu gehören, die sich, um sich wohl oder zumindest heimisch zu fühlen, ausschließlich mit Dingen umgeben und befassen, die ihnen wichtig sind.

Die traurige Schönheit eines Blauregens in der frühen Morgensonne, nach einer regnerischen stürmischen Nacht.

Eine einzige Wolke am Himmel, die sich (warum gerade jetzt?) vor die Sonne schiebt. Später, kühler Westwind, der Haufenwolken rasch herantreibt. Und wieder weg.

Jemand, der dir sagt, die Liebe sei eine Reise.

Ein Garten voller Fliederbüsche, bei dessen Anblick Freude aufkommt.

Die spürbare Notwendigkeit, sich mit schönen Dingen zu umgeben. Überhaupt Schönheit im Leben zu suchen und zuzulassen.

Bloße Zuneigung in den Augen eines Hundes zu entdecken.

Ein Schulkind sagt, dass es seine Mutter nie „Mama" nenne, weil es nicht das Gefühl habe, in ihr eine Mama zu haben.

Die Busfahrt vom Vorort zur Stadtmitte, die einem heute wie eine lange Reise vorkommt.

Rapsfelder unter grauem Himmel, die fast das Sonnenlicht ersetzen.

Das wunderbare Gefühl, Vertrautheit zu entwickeln.

Das Wissen, die Welt nur schreibend verarbeiten zu können.

Wieder einmal die Erkenntnis, dass alles eine Sache der Betrachtung ist.

Die Stille eines Flusses, der sich scheinbar unbeweglich, und wie gemalt, an dunkel- und hellgrüne Wiesen schmiegt.

Tiefes Bedauern, fast schon Traurigkeit, über das Ende der Magnolienblüte.

Der Wunsch, beim Musik hören Farben vor dem inneren Auge zu sehen.

Hohe, schlanke Pappeln, die frühmorgens schemenhaft hinter dicken Nebelwänden stehen.

Rauchende Frauen auf ihren Veranden.

Mai

Freude über einen kleines Stückchen Regenbogen, entdeckt über Hochhäusern und Fabrikschornsteinen.

Die Wortschönheit eines Gedichtes genießen.

Regennässe, die im Sonnenlicht als Dampf von den Dächern aufsteigt.

Sich den eigenen Tod nicht vorstellen können.

Das Lachen der jüngsten Tochter von irgendwoher aus dem weitläufigen Garten, und dabei selbst Freude empfinden.

Juni

In einer engen Gasse, bei der alten Stadtmauer, aus einem geöffneten Fenster eine Klavierkadenz vernehmen, die geprobt wird. Dunkles Fachwerk und ein hoher, heller Himmel. Im regungslosen Licht tanzen Mücken. Fast wie eine Kindheitserinnerung, durchaus nicht unangenehm, diesmal.

Liebe Leserinnen und Leser,

*wie Sie sicherlich bemerkt haben, kommt dieses Buch oh-
ne Seitenzahlen aus. Dies ist weder ein Versehen noch ein
Gestaltungsfehler.*
*Wie das Tragen von Uhren am Handgelenk hindern Sei-
tenzahlen in einem Buch den Fluss der Geschichte – tak-
ten ihn unangenehm, ja sogar manchmal störend.*

Wir hoffen,
Sie konnten sich darauf einlassen ...

Solange wir Worte finden,
haben wir einen Weg.

Weitere Titel von Klaus Zeh

Prosa

Taxi *(Roman)*
Mozart oder der Fall des Harlekins *(Roman)*
Lisboa *(Roman)*
Trinity – Irische Begegnungen *(Kurzgeschichten)*
Hey Tonight *(Erzählung)*
Broker *(Roman)*
Strandhill *(Insel Novelle)*

Lyrik

Die Leichtigkeit des Windes *(Ostsee-Gedichte)*
An Ufern aus Jade *(Bodensee-Gedichte)*
Pontoon – oder wann immer ich hier sein werde
(Irland-Gedichte)
Lichtinseln *(Gedichte)*